ÉSTE NO ES UN CÓMIC

GW01086656

Por si quedaba alguna duda, les voy contando: éste no es un cómic feminista.

Y no, no tengo la culpa si la gente ve dos protagonistas mujeres, que están mas buenas que comer helado del tarro, que van dando hostias por la vida, y que luchan contra un régimen opresor, y ya se empiezan a comer la cabeza con que esto va de empoderamiento, lucha antipatriarcal o las típicas sandeces que dice la feminancy de turno en algún programa de youtube que no ve nadie, pero que nos sale carísimo porque lo subvenciona el estado con los impuestos que nos roba a todos (sí, te estoy mirando TODES).

En fin. Se supone que esta es la página de resumen.

Si usted llega nuevo, y se perdió los tres números anteriores, yo le cuento: Tania es una guerrera perteneciente a la Guardia de Elite de su país, o lo era, hasta que su país entró en la cruel dictadura de los Seres de Luz. Luego, la Guardia de Elite fue exterminada y reemplazada por sociólogos, la inflación se fue por las nubes, y -por alguna razón que aún me reservo- fueron perseguidos y asesinados todos y cada uno de los pelirrojos.

Ése fue el panorama que Tania se encontró al regresar a su patria. Ahora es la última guerrera de Elite, la última pelirroja, y Camila, la joven que -engañada- pretendían que fuera su reemplazante, ahora es su fiel compañera. Juntas deberán descubrir la turbia trama detrás de todo esto.

Eso sí, ¡si logran salir vivas de este número!

Guión, dibujos y color: Patrick Ojota
ISBN: 9798842264148
©2022, Patrick Ojota
Todos los derechos reservados

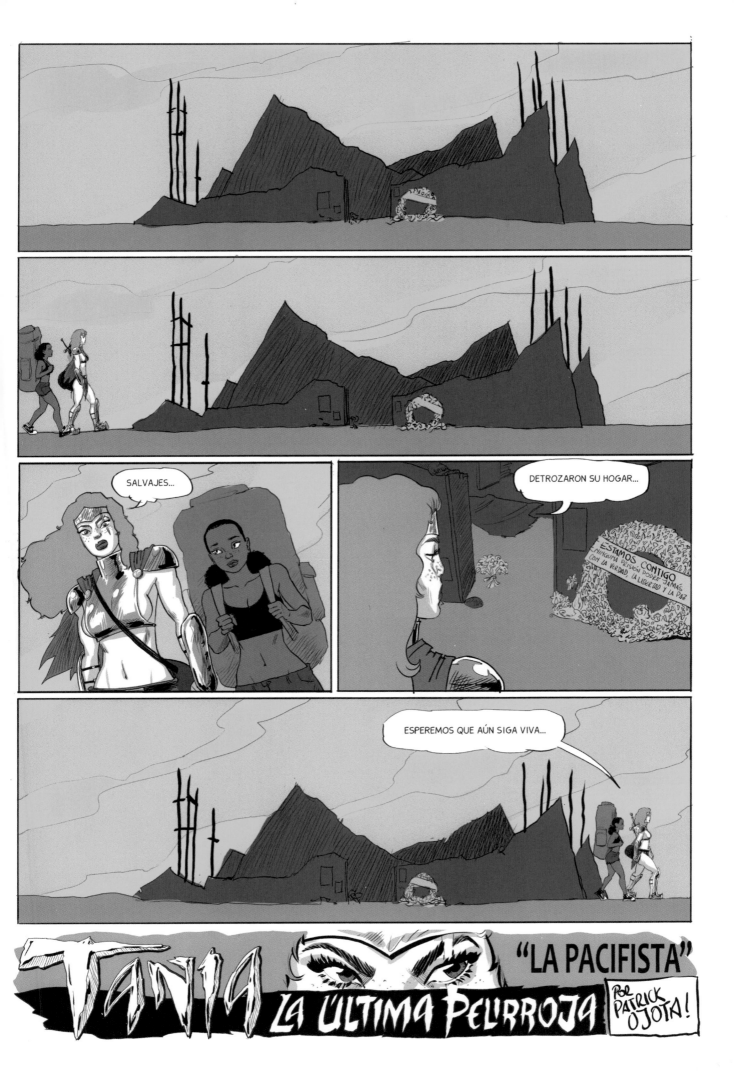

SIMONE ME ADVIRTIÓ DE MUJERES ALIENADAS COMO TÚ, QUE ODIAN A SU PROPIO SEXO PORQUE BUSCAN APROBACIÓN MASCULINA.

NO TE PREOCUPES, NO ES TU CULPA: SON EL SISTEMA PATRIARCAL Y TU MISOGINIA INTERNALIZADA LOS QUE HABLAN POR TI.

AH, BUENO, LISTO. ESTÁ BIEN. YO NO NECESITO A UNA ALCALDESA VESTIDA COMO MADAMA DE BURDEL PARA QUE ME DIGA QUE ESTÁS ACTUANDO COMO UNA IDIOTA.

QUÉ LINDO, TE REGALA UN VESTIDO Y YA LE COMPRAS EL EVANGELIO.

YO TE HICE UNA ARMADURA CON MIS PROPIAS MANOS, PREGÚNTALE A ESA PERRA SI EL VESTIDO LO HIZO ELLA...

CHICAS, LA ALCALDESA ME MANDÓ A DECIRLES QUE LA CENA YA ESTÁ LISTA.

BAJAMOS EN UN MINUTO.

BUENAS NOCHES, CHICAS, SIÉNTENSE.

¿LES GUSTA EL SUSHI?

CAMILA, VEN MI NIÑA...

VEN Y SIÉNTATE A MI LADO, MI NIÑA.

SIÉNTATE, TANIA, AHÍ TIENES TU ASIENTO.

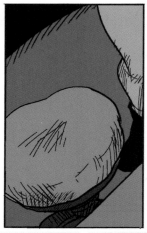

¿ABURRIDA, TANIA? SÍRVETE ALGO DE TOMAR ...

¿GIN? ¿VINO BLANCO? ¿SUSHI? IUGH, ESTO NO ES LO MÍO...

TOMARÉ AGUA, GRACIAS...

OFELIA, TRÁELE AGUA A TANIA.

TÍPICO, DESPRECIA LAS BEBIDAS PARA HUMILLARME. SIMONE ME HABLÓ DE ESTO.

¿QUÉ ES ESA MIRADA DE CAMILA? LO SIENTO ENANA, YO TOMO CERVEZA O WHISKY, Y SI NO HAY, TOMO AGUA. EN FIN...

BUENO, TODO PARECE INDICAR QUE ESTA NOCHE SERÁ EL FESTIVAL DEL ABURRIMIENTO...

¡¿ACASO LA ALCALDESA SE ESTÁ PROPASANDO CON LA ENANA?!

CALMA, TANIA, TAL VEZ ESTAS PREJUZGANDO...

TAL VEZ CAMILA Y SIMONE TIENEN ONDA ENTRE ELLAS Y...

NOPE, CAMILA LE RETIRA LA MANO, ONDA NO HAY...

¡PERO...! • • •

¡... DEFINITIVAMENTE AHORA SE ESTÁ PROPASANDO!

¡HEY, TE ESTÁS EQUIVOCANDO!

¡NO TE PERMITIRÉ FALTARLE EL RESPETO A MI AMIG--

¡WOWOWOW!

TANIA, ¿ESTÁS BIEN?

YO... NO SÉ... ME SIENTO DÉBIL, Y MAREADA...

LA CABEZA ME DA VUELTAS, Y ¿ESTE TEMBLOR, QUÉ...?

¡OFELIA, VEN Y LLÉVATE A TANIA, ESTÁ EBRIA Y HACIENDO PAPELÓN!

¿QUÉ? ¿EBRIA? ¡NO!

¡ALÉJENSE DE MÍ!

¡LLÉVENSELA!

PERO...

TRANQUILA, MI NIÑA, SOLO LA LLEVAN A DESCANSAR.

¡NO! ¡DESGRACIADAS! ¡SUÉLTENME, NO ESTOY EBRIA!

PERO... NO PUEDE ESTAR EBRIA, SOLO TOMÓ AGUA.

ES OBVIO QUE TU AMIGA ES ALCOHÓLICA, CAMILA, SEGURO LLEVABA UNA PETACA ESCONDIDA O ALGO ASÍ.

UNA PREGUNTA: ¿ A TI POR QUÉ TE ENCERRÓ? PARECÍAS CAERLE EN GRACIA A SIMONE.

¡DEJA DE TOCARME LAS TETAS!

BUEEENO...

AH, BIEN. VEO QUE ENCONTRASTE A TU AMIGA...

CLINK CLEEK

... Y VEO QUE YA TE HICISTE AMIGA DE LA PERSONA EQUIVOCADA.

EN UNA HORA TÚ Y LA ZORRA PELIRROJA SERÁN CRUCIFICADAS.

DISFRUTA TU ESTADIA EN MATRIA, PERRA DESAGRADECIDA.

SLAM!!!

¡CORCHO!

¡¿CRUCIFICAR?! ¿EN QUÉ CORCHO NOS HE METIDO?

¡TANIA! ¡POR FAVOR, DESPIERTA, TENEMOS QUE ESCAPAR!

¡MARÍA! ¡TENEMOS QUE--!

RIIIIIP

TENEMOS QUE CURAR A TANIA. ESO ES LO QUE TENEMOS QUE HACER. ESTÁ HERIDA Y NECESITA DESCANSAR.

ES LO QUE YO DECÍA. DÉJENME DESCANSAR UN POCO Y LAS RESCATO...

¿DESCANSAR? ¡NOS VAN A CRUCIFICAR EN UNA HORA!

AH, Y NO PODÍA FALTAR: OTRO GESTO INÚTIL DE MARÍA. ¿PARA QUÉ VENDAR A UNA CONDENADA A MUERTE?

SI ES QUE ERES UN MAL CHISTE, MARÍA.

"... PARA OBLIGARME A PRESENCIAR LAS EJECUCIONES DE TODO AQUEL QUE OSE A NO JUGAR TU JUEGO."

EL ÚNICO MAL CHISTE AQUÍ, SIMONE, ES TU INCAPACIDAD PARA ENTENDER LA COMPASIÓN.

HAZ HECHO CARRERA ENSANCHANDO LAS HERIDAS, ES OBVIO QUE NO ENTENDERÁS A QUIEN QUIERA CURARLAS.

POR ALGO ME MANTIENES VIVA...

TANIA, LA ÚLTIMA PELIRROJA, SERÁ CRUCIFICADA, JUNTO A SU SECUAZ, Y UNA VEZ CRUCIFICADAS, SERÁN ESTOCADAS PARA QUE SE DESANGREN EN LA CRUZ.

¡CORCHO, DESPIERTA TANIA! ¡NUESTRO FIN NO PUEDE SER MORIR CRUCIFICADAS!

DÉJAME DESCANSAR, SOLO NECESITO ACLARAR LA MENTE...

... SOLO NECESITO CONCENTRARME Y LAS RESCATARÉ ...

¡AAAH!

¡TANIA! ¡BASURAS, DÉJENLA TRANQUILA!

ESTO SERVIRÁ DE LECCIÓN A TODO MACHISTA QUE VENGA A MATRIA A METERSE CON NOSOTRAS POR SER MUJERES.

FIN DEL CAPÍTULO 4

Se nos fue ya el cuarto número, y a mí se me fue la mano con el gore. ¡Un poquito peligrosas las feministas, verdad?

Ahora, si quieres saber cómo sigue esto, tocará esperar un mes y pillar el siguiente número de la lista, y yo podré seguir tachando los siguientes números de la lista.

1- SIN LUGAR DÓNDE CAER MUERTA ✓

2- FAMILIA ✓

3- GUERREROS DE ELITE ✓

4- LA PACIFISTA ✓

5- EL PROFETA

6- LOS JUGUETES DEL ARTESANO

7- TANIA 2.0

8- GUERRERO DESCONFIADO VIVE MAS

9- EL TRAIDOR

10- TRES MESES

11- LOS SERES DE LUZ

12- LA ÚLTIMA PELIRROJA

"Mary Long es una hipócrita.
Hace todo lo que nos dice que no hagamos.
Vende porquerías compradas por ahí
y tejidos en el semáforo de la calle principal.
Pinta rosas, y hasta las hace oler bien,
y luego pinta tetas en las paredes del baño.
Ahoga gatitos para sentir alguna emoción
y escribe sermones en el diario del domingo.

¿Cómo perdiste tu virginidad, Mary Long?
¿Cuándo perderás tu estupidez, Mary Long?"

"Mary Long", Deep Purple

Printed in Great Britain
by Amazon

36493831R00016